Horreur !
Des amoureux !

Les mots du texte suivis du signe * sont expliqués
sur le rabat de couverture.

www.editions.flammarion.com

© Éditions Flammarion pour le texte et l'illustration, 2006
87, quai Panhard et Levassor – 75647 Paris Cedex 13
Dépôt légal : août 2006 – ISBN : 978-2-0816-3367-4
Loi n°49-956 du 16 juillet 1949 sur les publications destinées à la jeunesse

Marc Cantin

Éric Gasté

Horreur !
Des amoureux !

CASTOR POCHE ◉ Flammarion

Bizarre, bizarre...

– **L**es filles sont vraiment trop stupides ! lance Hugo. La preuve, elles ne connaissent rien aux jeux vidéo !

– Pas étonnant, approuve Malik ! Elles passent leur temps dans la salle de bains à se coiffer !

– Ce n'est pas comme ça qu'elles deviendront plus intelligentes ! pouffe Hugo.

– Ça non ! Ma sœur, par exemple, renchérit Malik, elle est tellement bête qu'elle ne pense jamais à utiliser un marteau pour réparer un truc qui ne marche pas !

– Elle devrait prendre exemple sur toi, précise Hugo. Au fait, tu as réussi à recoller les morceaux de son baladeur mp3 ?

– Heu… non. Bon, j'avoue, j'ai peut-être tapé un peu fort l'autre jour. Mais franchement, ma sœur n'a aucun humour.

– Toutes les filles sont pareilles ! Rien ne les fait rire. Même pas envoyer une bombe à eau sur un petit chien !

– Hû ! Hû ! Pourtant, c'est marrant !

– Évidemment ! Mais les filles ne peuvent pas comprendre ça !

– Mon cousin dit que tant qu'elles ne seront pas capables de prononcer leur prénom en rotant, elles n'auront aucune chance de devenir présidente de la République !

– Comme ça ?… Bûûûûûgôôôôôrrps !

Réunis dans un coin de la cour, Hugo et Malik se tordent de rire en se frappant dans les mains.

Basile se tient à côté de ses copains. Mais il sourit à peine.

– Hi ! Hi !... Ben alors, Basile ? s'étonne Hugo. T'es malade ?

– Moi ? Non, non.

– Pourquoi tu rigoles pas ? s'inquiète Malik.

– Si, si, je trouve ça amusant. Je... je pensais juste à autre chose.

Hugo et Malik l'observent un instant.

– Hé, hé… c'était marrant le coup du rot, assure Basile.

Hugo retrouve le sourire et reprend :

– Vous avez remarqué que les filles vont toujours aux toilettes avec leurs copines ?

– C'est parce qu'elles ont besoin d'être plusieurs pour comprendre comment fonctionne la chasse d'eau ! lance Malik en explosant de rire.

– Ha ! Ha ! Excellent ! s'écroule Hugo.

Carla et ses deux meilleures amies se sont rassemblées à l'autre bout de la cour. Là aussi, la bonne humeur est au rendez-vous.

– Les garçons sont de vrais idiots, tout juste capables de taper comme des brutes dans un ballon aussi vide que leur cerveau ! affirme Carla.

– Quand on les voit, ajoute Cloé, on penserait plutôt que c'est le singe qui descend de l'homme, et non l'inverse !

Les deux filles éclatent de rire, sous l'œil de Zoé qui force un sourire.

– Au moins, reprend Cloé, ils ne nous empêchent pas de profiter de la salle de bains. Le matin, mon frère se lave en une minute trente chrono ! Brossage de dents compris !

– Beeeurk ! grimace Carla. Les garçons sont vraiment trop dégoûtants ! On devrait les désinfecter avant de les laisser entrer dans l'école !

– Ouais ! Un bon coup de jet d'eau au milieu de la cour ! Ha ! Ha !

– Je les imagine tout mouillés et grelottants dans leur caleçon ! Hi ! Hi !

– Ben alors, Zoé ? remarque Carla. Tu ne trouves pas ça drôle ?

– Si, si... bien sûr.

Sous l'œil soupçonneux de ses amies, Zoé se décide enfin à rire... mais son rire sonne faux. Heureusement, la sonnerie annonce la fin de la récré.

Étrange… Zoé et Basile ne rigolent plus aux blagues !
Qu'arrive-t-il aux meilleurs copains de Carla et Hugo ?

Chapitre 2

Une terrifiante découverte

— **V**ous pouvez ramasser vos affaires, annonce la maîtresse. À demain matin !

Les élèves de Mademoiselle Téolait se dépêchent de sortir de la classe, impatients de retrouver leur liberté.

— Basile est trop bizarre, glisse Hugo à l'oreille de Malik. D'habitude, les blagues à propos des filles le font pleurer de rire.

— Tu as raison, approuve Malik. On dirait qu'il a perdu son sens de l'humour. Je n'y comprends rien.

Basile quitte l'école au pas de course, sous les regards interloqués* de ses deux copains.

– Il semble pressé, remarque Hugo d'un air suspicieux.

Il entraîne Malik jusqu'au portail, bien décidé à éclaircir ce mystère.

– Je vais le suivre, chuchote-t-il.

– Désolé, je ne peux pas t'accompagner, soupire Malik. J'ai solfège.

– T'inquiète, je me débrouille et je te raconte tout demain. Salut !

Et Hugo part sur les traces de Basile. Telle une ombre glissant le long des murs, il le talonne. Son ami remonte la rue en face de l'école, et se dirige vers un endroit bien connu.

« Il va au jardin municipal ! » devine Hugo.

Ses soupçons sont justifiés. L'entrée est toute proche… Mais attention ! Basile s'arrête devant la grille du parc et se retourne !

Rapide comme l'éclair, Hugo se précipite derrière un kiosque à journaux.

« C'était moins une ! Il a failli me repérer ! »

Il se croit à l'abri ; seulement, il n'est pas au bout de ses surprises… En tournant la tête, il s'aperçoit qu'il n'est pas seul à occuper cette cachette.

– Carla !

– Hugo !

– Qu'est ce que tu fais là ?

– Et toi ?

– Je… Je me promène, explique Hugo en jetant un œil vers l'entrée du parc.

– Heu… Moi aussi, bafouille Carla.

Après un bref moment de silence, ils reprennent la parole en même temps :

– Je vais au jardin public !

Hugo fixe Carla qui lui lance en retour un regard soupçonneux.

– Quelle coïncidence, marmonne-t-elle.

– Écoute, avoue Hugo, la vérité c'est que Basile est très bizarre, alors je le suis pour en savoir plus.

– Et moi… j'espionne Zoé. Elle a également un comportement étrange.

– Elle est entrée dans le parc ? frémit Hugo.

Carla hoche gravement la tête.

– J'en ai bien peur, ajoute-t-elle.

L'affaire semble plus grave qu'ils ne l'avaient imaginé. Pour en avoir le cœur net, Carla et Hugo s'avancent vers la grille du jardin. À pas de loup, ils remontent l'allée principale derrière une maman et son landau. Ils se mêlent ensuite à un groupe de grands-mères qui se promènent en bavardant. Enfin, ils trouvent refuge au milieu des jeux réservés aux jeunes enfants.

Ils grimpent en haut du toboggan et là, de leur poste d'observation, ils découvrent une scène d'horreur : assis sur un banc à l'ombre d'un arbre, Basile et Zoé discutent en se souriant, les yeux dans les yeux.

– Malheur ! s'écrie Hugo. On dirait… Ils… ils sont amoureux !

– Oh nooon ! gémit Carla. Quelle poisse !

Les deux plus grands ennemis de l'école sont catastrophés. Leurs meilleurs amis sont amoureux ! Si la nouvelle est connue, leur réputation risque d'en prendre un coup !

– Hé ! Vous vous poussez ou quoi ? râle un bambin derrière eux.

Une armée de gnomes semblables au premier proteste également :

– Ouais ! Il est à nous le toboggan !

– Allez ailleurs !

– Partez ou on appelle nos parents !

Carla et Hugo, encore abasourdis, obéissent sans broncher*. Ils se laissent glisser et abandonnent leur observatoire.

– Il faut qu'on ait une discussion sérieuse avec Basile et Zoé ! enrage Carla.

– Tu as raison ! peste à son tour Hugo. Sinon à cause de ces imbéciles, tout le monde va se moquer de nous !

Carla et Hugo ont suivi Zoé et Basile jusqu'au parc, et les ont vus se regarder dans les yeux... Il faut leur parler !

Terribles révélations

Le mercredi, Carla a souvent du mal à sortir de son lit. Se lever juste pour une matinée d'école, c'est démoralisant ! Autant rester couchée ! Mais ce matin, elle a quitté sa couette de bonne heure. Après un petit déjeuner vite avalé, et un passage obligé par la salle de bains, elle s'est précipitée chez Zoé.

À présent, assise sur le muret devant la maison de son amie, elle attend.

– Tiens, Carla ! s'étonne Zoé. C'est sympa de venir me chercher.

– J'avais besoin de te voir, répond froidement Carla.

– Ben… Il fallait sonner, je…

– J'aimerais te parler. En tête-à-tête.

– Me parler de quoi ?

– Tu devrais plutôt demander de QUI je veux te parler !

Zoé blêmit.

– Tu… tu veux me parler de…

– Basile ! termine Carla en grinçant des dents. Comment peux-tu donc t'intéresser à cet imbécile ?

– Ce n'est pas un imbécile !

– Bien sûr que oui, puisque c'est un garçon !

– Il est différent…

– Différent ? s'énerve Carla. Évidemment ! Il se mouche dans la manche de son blouson, il fait pipi à côté de la cuvette des W.-C., et il rit bêtement chaque fois qu'il entend un gros mot ! C'est UN GARÇON !

– Non, je t'assure, insiste Zoé. Il est sensible, il m'écoute… et il a de très beaux yeux.

Carla manque d'air. Elle suffoque.

– Aaargh ! Je rêve ! gémit-elle. Ainsi, tu es vraiment amoureuse ! Oh nooon ! C'est la catastrophe !

Hugo aussi s'est levé plus tôt que d'habitude. Il ne voulait surtout pas rater Basile !

Caché à l'angle de la ruelle Saint-Martin, il l'attend... Et dès que son ami sort de chez lui, il lui saute dessus.

– Aaaah ! s'écrie Basile. Ouf ! C'est toi, Hugo ! Tu m'as fait peur !

– Justement, je te trouve très émotif depuis quelques jours.

– Moi ?.... Non... enfin...

– Tu n'es plus le même, insiste Hugo, depuis que tu passes beaucoup de temps au jardin public avec qui tu sais.

Basile baisse la tête. Inutile de nier.

– Tu m'as vu avec Zoé, dit-il.

– Aaaaargh ! Ne prononce pas son nom ! Tu vas nous porter la poisse.

– Je t'assure, commence Basile, elle n'est pas comme...

– C'est une fille ! le coupe Hugo. UNE FILLE STUPIDE !

– Elle n'est pas stupide !

– Bien sûr que oui, puisque c'est une fille !

– Elle est différente…

– Un peu qu'elle est différente ! se fâche Hugo. Elle ne donne jamais de coups de pieds dans son cartable, elle est incapable de regarder un steak saignant en face et elle pleure dès qu'elle voit quelqu'un pleurer à la télé ! C'est UNE FILLE !!!

– Tu te trompes, affirme Basile. Elle est marrante, intelligente… et j'adore ses yeux.

– Aaaaargh ! s'étouffe Hugo. Sale traître ! Tu es vraiment amoureux de cette sorcière ! Mais… mais tu sais que tu risques d'attraper une terrible maladie ?

– Une maladie ?

– La piedanthérite, certifie Hugo. Cette maladie touche les garçons qui s'approchent trop des filles. Leurs pieds deviennent tellement sensibles qu'ils ne peuvent plus jouer au foot !

Hélas, Basile ne l'écoute déjà plus.

L'école apparaît au bout de la rue. Zoé se tient près de la grille, et les deux amoureux échangent un regard tendre. Ils se rejoignent avant d'entrer dans la cour côte à côte.

Les autres élèves commencent aussitôt à jaser* :

– Hé ! Vous avez vu Zoé et Basile ?

– Ouais, ils sont toujours ensemble.

– Ils s'entendent bien on dirait !

Désespéré, Hugo s'adosse au portail afin de ne pas s'écrouler.

– Tout le monde va se moquer d'eux, lui glisse Carla en s'appuyant également à la grille.

– Bientôt, toute l'école se moquera aussi de nous, prédit Hugo. Quand je pense que Basile est mon meilleur copain !

– Il faut agir, enrage Carla. On ne peut pas baisser les bras.

– Tu as raison, se reprend Hugo. Mais nous devons utiliser la manière…

– FORTE ! termine Carla.

Zoé et Basile ne voulant rien entendre, Carla et Hugo décident de passer à l'action.

Billets doux

– **L**es hommes préhistoriques n'ont jamais rencontré les dinosaures, explique Mademoiselle Téolait, pour la bonne raison qu'ils ne vivaient pas à la même époque.

Pendant que la maîtresse poursuit sa leçon sur les origines de notre monde, Carla s'intéresse à des problèmes plus actuels. Elle glisse discrètement une feuille de papier pliée en quatre à Zoé :

– De la part de Basile, chuchote-t-elle.

Zoé sent son cœur s'emballer.

Elle oublie aussitôt Mademoiselle Téolait et ses hommes de Neandertal. Elle pose le mot doux sur ses genoux, le déplie et commence à le lire :

« *Chère Zoé,*

Je ne voudrais surtout pas te faire de la peine mais je dois être sincère avec toi : je ne t'aime plus. En vérité, je me demande comment j'ai pu t'aimer un jour. Je te trouve tellement laide ! Et tellement bête ! Je te demande donc de ne plus m'adresser la parole. Merci.

Basile »

Zoé sent son cœur s'arrêter. Elle lâche son crayon et se mord les lèvres pour ne pas se mettre à pleurer.

À quelques tables de là, Hugo ne semble pas davantage attentif à la leçon d'histoire. En plus, si les tyrannosaures n'ont jamais mangé d'hommes préhistoriques, ce n'est pas très intéressant. En revanche, un autre sujet le passionne. D'un geste rapide, il glisse un message à Basile :

– De la part de Zoé, murmure-t-il.

Basile frémit. Son cœur tambourine dans sa poitrine. Impatient, il cache le mot sous son bureau et le lit :

« *Basile,*

Je n'ose pas te parler pour t'avouer l'horrible vérité. Je préfère te l'écrire : je te déteste ! Tu es moche, stupide, et ce que tu me racontes me fatigue. Tu es un garçon comme les autres, c'est-à-dire un idiot !!! Je ne veux plus te voir. JAMAIS ! Ne me parle plus. Ne me regarde plus. OUBLIE-MOI !!! Adieu.

Zoé »

Basile commence à trembler. Ses yeux le piquent, et il se sent terriblement triste.

Pendant ce temps, Carla et Hugo échangent un clin d'œil complice. Mais ils finissent par gigoter un peu trop sur leur chaise :

– Carla ! Hugo ! se fâche Mademoiselle Téolait. Je serais prête à parier que les enfants des hommes préhistoriques étaient plus sages que vous !

Par chance, la sonnerie de la récré retentit, et la maîtresse laisse sortir les élèves. Elle ne retient Carla et Hugo que quelques instants pour les sermonner.

– On l'a échappé belle, soupire Hugo, en s'approchant de la porte.

– En tout cas, se réjouit Carla, maintenant qu'ils ont lu nos fausses lettres, Basile et Zoé ne s'adresseront plus la parole.

– Oui, on a réussi ! jubile* Hugo.

Carla se dépêche donc de rejoindre ses amies dans la cour… mais elle reste figée à l'entrée de la classe.

– Alors ? Tu bouges ? s'impatiente Hugo.

– Regarde ! lui répond Carla. Le cauchemar continue !

Hugo s'avance et ouvre des yeux aussi grands que des couvercles de poubelles. Au milieu de la cour, Basile et Zoé se rapprochent l'un de l'autre comme si une force invisible tentait de les rassembler.

– Noon ! Pas çaaaaa ! hurle Carla.

Il est déjà trop tard.

– Basile, dit Zoé d'une toute petite voix, pourquoi tu m'as écrit cette affreuse lettre ?

– M... moi ? bafouille Basile. Je n'ai jamais rien écrit ! C'est toi qui...

– Comment peux-tu croire ces mensonges ! s'offusque Zoé en lui arrachant la lettre.

– C'est une très mauvaise blague ! enrage Basile.

– Oui, approuve Zoé. Mais j'ai eu si peur !

– Moi aussi, affirme Basile.

Et les deux amoureux, réconciliés, s'éloignent vers le préau, main dans la main.

– Quelle horreur ! panique Hugo. Tous les élèves les regardent !

– Je vais craqueeer ! rugit Carla.

Basile et Zoé ont compris qu'on cherchait à les séparer, et sont plus complices que jamais.

Opération « Anti-amoureux »

Hugo rajuste ses lunettes de soleil. Une fille, enveloppée dans un long manteau au col relevé, le rejoint derrière le panneau publicitaire qui lui sert de cachette.

– Carla ? C'est toi ?

– Évidemment, espèce de cornichon !

– Je ne t'avais pas reconnue !

– Tu voudrais peut-être que j'arrive avec un clairon et un tambour ? Alors, quoi de neuf ?

– Ils viennent d'entrer dans le parc.

– Je me doutais qu'ils s'y donneraient rendez-vous, se félicite Carla. Ils espèrent passer tranquillement leur mercredi après-midi ensemble, mais ils se trompent.

– Quel est ton plan ?

– On les espionne et on attend qu'une occasion se présente pour semer la zizanie* entre eux. On ne peut pas les laisser nous ridiculiser de la sorte.

– Mon meilleur copain amoureux de ta meilleure amie, soupire Hugo. Il ne pouvait rien nous arriver de pire.

– Inutile de se lamenter, rappelle Carla avec l'autorité d'un général. En avant !

Basile et Zoé sont vite repérés. Ils sont assis sur un banc au milieu du jardin exotique. Hugo et Carla se faufilent derrière eux et se dissimulent dans une haie de bambous.

– C'est une très belle journée, déclare Basile.

– Une magnifique journée, renchérit Zoé.
J'adore ce parc, surtout quand je suis avec toi.
– Oh ! J'ai une idée ! s'exclame Basile en rougissant. Quel est ton parfum préféré ?
– La fraise !
– Et moi le chocolat. Ne bouge pas, je reviens tout de suite !

Caché dans les roseaux, Hugo ronchonne :
– Quel est ton parfum préféré gnagnagna ! Ils sont vraiment stupides !
– Pour une fois, je suis d'accord avec toi, approuve Carla.
– Mais... où va cet imbécile ?
– Il veut lui offrir une glace, devine Carla. Une à la fraise pour elle, et une au chocolat pour lui.

– Une glace ? répète Hugo. Une glace… Tiens, tiens, c'est une occasion rêvée !

Le kiosque du glacier trône au centre du parc, entre un café-salon de thé, un stand de frites et un manège où se côtoient un cheval de bois, une fusée, un éléphant, une voiture jaune et un avion qui tente désespérément de décoller vers de ciel. L'endroit attire bien sûr beaucoup d'enfants. Arrivé devant le glacier, Basile se place au bout de la file et attend son tour.

Perdu dans ses pensées romantiques, il ne voit pas, sur sa gauche, son meilleur ami se faufiler dans la foule. Hugo se glisse jusqu'au stand de frites et s'empare d'un sachet de harissa en poudre, posé dans un présentoir à l'extrémité du comptoir. Puis il court se cacher derrière le manège. Il reprend son souffle et observe Basile qui attrape ses deux cornets. Au moment où son copain s'apprête à repartir, une glace dans chaque main, Hugo lui coupe la route.

– Tiens ! Basile ! Quelle coïncidence ! s'exclame-t-il avec un large sourire.

– Ah, salut, marmonne Basile.

– Alors ? Qu'est-ce que tu fais cet après-midi ?

– Ben… euh… bafouille Basile.

– Oh ! C'est pas ta mère ?

– Quoi ? Ma mère ? Ici ?

– Oui ! Là-bas ! Regarde !

Pendant que Basile se tord le cou pour tenter d'apercevoir sa maman, Hugo sort le sachet de harissa de sa poche et saupoudre de piment rouge la délicieuse crème glacée à la fraise !

– Non, je me suis trompé, reprend-il. Ce n'était pas ta mère. Excuse-moi.

– Ouf ! Tant mieux, se réjouit Basile.

– Bon, je te laisse. Je dois rentrer faire mes devoirs. À demain.

– C'est ça, à demain, répond Basile avec soulagement.

Dès que Hugo a disparu, il s'empresse de rejoindre Zoé. Cette dernière, toujours assise sur le banc, l'attend en souriant.

– Une glace à la fraise pour toi ! annonce Basile.

– Comme tu es gentil ! s'exclame Zoé, très émue.

Mais dès qu'elle la goûte, elle sent sa gorge s'enflammer.

– Aaaaargh ! Au feeeeu ! gémit-elle.

De retour près de Carla, Hugo se frotte les mains.

– Zoé va sûrement se mettre en colère après Basile, chuchote-t-il. C'est la dispute assurée !

Hélas, les choses ne se passent pas aussi mal que Hugo le souhaite. Zoé n'a même pas le temps de se fâcher ! Basile lui propose aussitôt d'échanger sa glace contre la sienne.

– Tu verras, le chocolat est très bon.

Zoé accepte avec plaisir, et Basile dévore la glace fraise-piment en se forçant à sourire !

– Il est fou ! fulmine Hugo.

– Pire ! Il est amoureux, se décourage Carla.

Après cette performance, Basile devient un peu écarlate.

– J… J'ai drôlement soif ! articule-t-il difficilement.

– Ne bouge pas, dit immédiatement Zoé. Je vais te chercher de l'eau !

Le visage de Carla s'éclaire ! Elle vient de trouver une super idée !

Hugo a mis du piment dans la glace que Basile voulait offrir à Zoé, mais c'est Basile qui la mange.

Dernière chance

Zoé s'approche près du manège. Pendant que les enfants s'amusent, les adultes s'installent à la terrasse du café pour prendre le thé. Zoé s'avance entre les tables et les chaises. Le serveur la remarque aussitôt.

– Bonjour, dit-elle poliment. Mon ami ne se sent pas très bien. Pourriez-vous me donner un peu d'eau ?

– Bien sûr, répond le garçon en se dépêchant de lui tendre un verre. Et si ton copain en veut encore, n'hésite pas à me demander.

Zoé revient alors sur ses pas en tenant précautionneusement le verre… quand Carla se dresse sur son chemin.

– Zoé ! Comme je suis heureuse de te voir !

– M… moi aussi… bafouille Zoé. Seulement, je suis très pressée et…

– Oh ! Ce n'est pas ton père qui t'appelle, là-bas ?

– Quoi ? Mon père ? Ici ?

– Oui ! Sur la grande pelouse ! Regarde !

Pendant que Zoé se tord le cou pour tenter d'apercevoir son papa, Carla ouvre sa main au dessus du verre et y déverse une jolie collection d'insectes qu'elle vient de ramasser sous une pierre. Quatre cloportes, un pince-oreille et un mille-pattes échouent dans l'eau !

– Désolée, je me suis trompée, s'excuse-t-elle. J'ai confondu ton père avec quelqu'un d'autre.

– Ouf ! Tant mieux, se réjouit Zoé.

– Bon, je te laisse. Je ne voudrais pas te retarder. À demain.

– C'est ça, à demain, répond Zoé avec soulagement.

Dès que Carla a disparu, elle s'empresse de rejoindre Basile. Ce dernier ressemble à une braise de barbecue.

– Je t'ai trouvé un verre d'eau ! annonce Zoé avec un grand sourire satisfait.

– Merciiiii ! s'étrangle Basile.

Pressé d'éteindre l'incendie qui ravage sa gorge, il se jette sur le verre et le vide d'un trait, la bouche grande ouverte.

– Aaaaah ! Ça fait du bien !

De retour près de Hugo, Carla n'en croit pas ses yeux.

– Quoi ? Comment ? Je rêve ? murmure-t-elle.

– Il a tout avalé sans rien remarquer ! s'exclame Hugo. Il est cinglé !

– Je te l'ai déjà dit, rappelle Carla en baissant les bras. C'est pire. Il est a-mou-reux !

– Inutile d'insister, on n'arrivera jamais à les séparer.

Comble de malheur, les allées se remplissent à vue d'œil. Comme tous les mercredis après-midi, de nombreux enfants viennent jouer au jardin municipal. Sauf miracle, Basile et Zoé ne devraient pas passer inaperçus !

– Il est trop tard pour agir, se désespère Hugo. Dès demain, toute l'école sera au courant que nos deux meilleurs amis sont amoureux. La honte pour nous !

– Tu as raison, approuve Carla. Il n'y a plus rien à faire.

– Si ! Filer d'ici avant que quelqu'un nous repère !

– Il ne manquerait plus que ça !

Sans attendre, Carla et Hugo quittent le jardin municipal, le plus vite et le plus discrètement possible.

Carla et Hugo sont désespérés : leurs dernières tentatives pour séparer Basile et Zoé ont échoué !

Malheur de malheur !

Après ce terrible mercredi, Hugo se prépare pour une nouvelle journée. Il avale un copieux petit déjeuner afin de mieux oublier ses soucis ; un brossage de dents, un coup de peigne, et hop ! il est prêt. Cartable sur le dos, il se dépêche de rejoindre l'école.

– Hugo ! Hé ! Hugo !

Malik et Basile l'attendent près de l'entrée. C'est bizarre, ils ont l'air complètement catastrophés.

– Hugo, commence Basile en l'entraînant à droite du portail, on a une super mauvaise nouvelle à t'annoncer.

– C'est au sujet d'une rumeur qui circule dans la cour, poursuit Malik.

– Pffff ! soupire Hugo. Vous croyez peut-être que je ne suis pas au courant ? C'est à propos de toi, Basile. Tout le monde sait que tu es amoureux de Zoé, et maintenant, ça fait des histoires.

– Pas du tout, objecte Basile. D'abord, j'ai cassé avec Zoé. Depuis hier, nous deux c'est fini.

– Quoi ??? s'égosille Hugo.

– Je te jure. J'étais au parc avec elle, et deux minutes après avoir bu un verre d'eau qu'elle m'avait offert, j'ai été pris d'une quinte de toux. Et devine ce qu'elle m'avait fait avaler ?

– Des cloportes, un pince-oreille et un mille-pattes !

– Ouah ! Tu es trop fort, Hugo ! Comment tu as trouvé ?

– Je ne sais pas…

– En tout cas, elle a essayé de m'empoisonner.
Tu avais raison, les filles sont des sorcières.

Hugo se gratte la tête. Il n'y comprend
plus rien. Si Basile et Zoé ne sont plus amoureux, quelle est donc cette rumeur ?

Cloé et Zoé attendent également Carla près de l'entrée. Dès que leur meilleure copine arrive, elles l'entraînent à gauche du portail.

– Carla, commence Zoé, on a une super méga terrible nouvelle à t'annoncer.

– Il y a des bruits qui courent à l'école, poursuit Cloé.

– Pffff ! soupire Carla. Vous croyez peut-être que je ne suis pas au courant ? C'est à propos de toi, Zoé. Tout le monde sait que tu es amoureuse de ce débile de Basile, et maintenant, ça fait des histoires.

– C'est faux, proteste Zoé. D'abord, j'ai rompu avec Basile. Depuis hier, nous deux c'est fini.

– Comment ??? s'étrangle Carla.

– Juré. J'étais au parc avec lui, et il m'a accusée d'avoir essayé de l'empoisonner ! Puis il s'est mis à dire plein de gros mots. À présent, je suis certaine qu'il est bien l'auteur de la lettre qu'il m'a fait passer en classe hier matin. Tu avais raison, les garçons sont des imbéciles.

Carla prend un air grave. S'il ne s'agit pas de Zoé et Basile, alors quelle est donc cette rumeur ?

– Le problème, reprend Cloé, c'est plutôt toi et Hugo, si tu vois de quoi je veux parler.

– Tu nous as complètement bluffées, complète Zoé. On n'aurait jamais imaginé ça.

– Mais… je ne comprends rien ! assure Carla.

– Inutile de faire l'innocente, lui dit Cloé. Des élèves vous ont aperçus, Hugo et toi, hier au jardin public.

– Vous étiez cachés dans les roseaux, ajoute Cloé, et il paraît que vous vous entendiez très, très bien.

– Franchement, vous pourriez être plus discrets, note Zoé.

Carla pâlit, blêmit, ses mains tremblent et elle se sent prise d'un vertige.

– Q… quoi ? bafouille-t-elle. Hugo et… moi !

– Toute l'école est au courant, indique Cloé.

Carla tourne la tête… et constate que des élèves la regardent d'un air moqueur ! Ils s'approchent avec un petit sourire en coin. Ils sont de plus en plus nombreux !

À l'autre bout du portail, Hugo devient lui aussi tout blanc. Un vrai revenant. De grosses gouttes de sueur lui recouvrent le front quand il commence à entendre quelques chuchotements : « Hugo et Carla sont amoureux, Hugo et Carla sont am… ».

Hugo et Carla échangent un regard terrifié.

– NOOOOON !!! hurlent-ils en même temps.

❶ L'auteur

Prénom : **Marc**
Nom : **Cantin**
Né le : **21 avril 1967 à Lamballe (22)**
Profession : **Écrivain pour enfants**
Signes particuliers :

- Adore se promener dans les jardins publics.
- Ne se moque jamais des amoureux, qu'ils soient jeunes ou vieux.
- Chante des chansons d'amour à sa femme chaque matin (voilà pourquoi il pleut souvent en Bretagne !)
- Mène des enquêtes scrupuleuses pour connaître les noms des amoureux(reuses) de ses enfants.
- Considère, en général, qu'on ne parle pas assez d'amour dans ce monde de brutes !

❷ L'illustrateur

Prénom : **Éric**
Nom : **Gasté**
Né le : **2 mai 1969 à Angers (49)**
Profession : **Illustrateur pour enfants**
Signes particuliers :
Aime bien ça, être amoureux,
parce que quand on est amoureux,
et ben..., heu..., bon on sait pas trop quoi dire...
mais c'est pas grave...

Table des matières

Bizarre, bizarre... 5

Une terrifiante découverte 13

Terribles révélations 21

Billets doux 29

Opération
« Anti-amoureux » 37

Dernière chance 47

Malheur de malheur ! 55

2ème édition

Achevé d'imprimer en octobre 2007,
chez Clerc (France)